Analyse de l'œuvre

Par Catherine Bourguignon
et Lucile Lhoste

Les Yeux jaunes des crocodiles

de Katherine Pancol

lePetitLittéraire.fr

Rendez-vous sur lepetitlitteraire.fr et découvrez :

Plus de 1200 analyses
Claires et synthétiques
Téléchargeables en 30 secondes
À imprimer chez soi

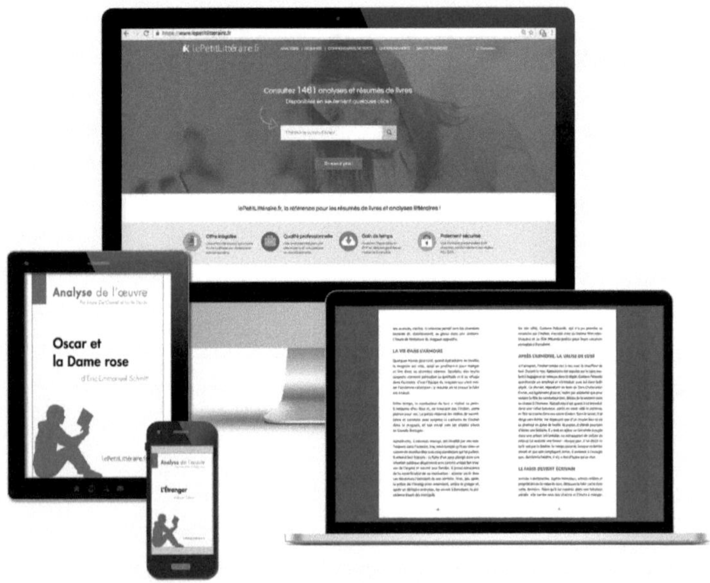

KATHERINE PANCOL

ROMANCIÈRE FRANÇAISE

- **Née en 1954 à Casablanca (Maroc)**
- **Quelques-unes de ses œuvres :**
    - *Une si belle image* (1994), roman
    - *La Valse lente des tortues* (2008), roman
    - *Les écureuils de Central Park sont tristes le lundi* (2010), roman

Née au Maroc en 1954, Katherine Pancol arrive en France à l'âge de cinq ans. Après avoir été professeure de lettres, elle devient journaliste, puis rencontre un éditeur qui lui demande d'écrire un roman : elle publie *Moi d'abord* en 1979. L'année suivante, elle se rend à New York pour suivre des cours de « *creative working* » à l'université de Columbia. Elle y écrit trois romans, avant de revenir en France, où elle se consacre depuis uniquement à l'écriture.

Elle a publié quatorze romans. Trois de ses livres forment une trilogie qui a remporté un immense succès : *Les Yeux jaunes des crocodiles* (prix Maison de la Presse en 2006), *La Valse lente des tortues* et *Les écureuils de Central Park sont tristes le lundi*.

Sa trilogie suivante, *Muchachas*, reprend en partie la même galerie de personnages.

LES YEUX JAUNES DES CROCODILES

UN PREMIER VOLUME MULTIPLIANT LES POINTS DE VUE

- **Genre :** roman
- **Édition de référence :** *Les Yeux jaunes des crocodiles*, Paris, Le Livre de Poche, 2007, 672 p.
- **1ʳᵉ édition :** 2006
- **Thématiques :** quête de soi, saga familiale, amour, ambition, mensonge

Les Yeux jaunes des crocodiles a été publié en 2006. Dans une écriture simple, Katherine Pancol raconte l'histoire de Joséphine et d'Iris, deux sœurs que tout sépare et qui passent un pacte : Joséphine, en mal d'argent, accepte d'écrire un livre qu'Iris, en mal de reconnaissance, signe.

Une adaptation cinématographique homonyme est sortie sur les écrans français en avril 2014 et reprend assez fidèlement le livre en mettant l'accent sur la relation entre Joséphine et Iris.

LA VALSE DES SENTIMENTS

Le roman s'ouvre sur la rupture entre Joséphine et Antoine. Ce dernier, sans-emploi depuis un an, ne supporte plus cette situation et quitte Joséphine pour une autre femme, Mylène. Joséphine est désemparée.

Tandis que son amie Shirley la soutient, sa mère, Henriette, et sa sœur, Iris, la critiquent, la jugeant trop désarmée pour affronter sa séparation. Joséphine s'est toujours sentie rejetée. Cependant, pour la première fois, elle s'affirme face à sa mère et refuse son aide financière : elle veut se sortir d'embarras seule avec ses deux filles, Zoé et Hortense.

Quant à Antoine, il décide de partir au Kenya pour diriger un élevage de crocodiles. Pour concrétiser ce projet, il a contracté un gros emprunt qu'il ne parvient pas à rembourser. C'est donc Joséphine qui doit payer pour lui : celle-ci réussit à tout rembourser seule. Philippe, le mari d'Iris, lui propose de traduire des contrats contre une rémunération. Satisfait de son travail, il lui demande ensuite de traduire une biographie d'Audrey Hepburn (actrice de cinéma britannique, 1929-1993).

Malheureusement, cette aventure au Kenya est fatale pour Antoine : son projet n'aboutit pas et il finit par succomber après avoir été dévoré par un crocodile.

Iris, quant à elle, sent que son couple bat de l'aile, mais elle est trop attachée au confort que lui apporte le salaire de Philippe, son mari, et à l'image qu'ils donnent en société pour s'en séparer. Avant de rencontrer Philippe, elle écrivait des scénarios et profitait pleinement de la vie, mais elle a tout arrêté du jour au lendemain. Elle repense souvent à un homme qu'elle aimait jadis : Gabor Minar. Cependant, grâce à un mensonge et avec l'aide de sa sœur, elle va tenter de séduire à nouveau son époux.

Le couple formé par Henriette avec Marcel, son deuxième mari, ne se porte guère mieux. Celui-ci regrette d'avoir épousé cette femme acariâtre qui dépense tout son argent, le brime et ne le satisfait pas du point de vue affectif. Il a une maitresse, Josiane, et Henriette le comprend rapidement. Leur histoire s'achève au terme du roman puisque Marcel la quitte pour Josiane, avec qui il a un enfant.

LE MENSONGE

Pour se mettre en valeur lors d'un repas mondain, Iris raconte à un éditeur qu'elle est en train d'écrire un roman sur le XIIe siècle, se référant à ce que sa sœur lui a raconté sur le sujet. Elle se rend compte qu'à part être la femme de Philippe Dupin, sa vie n'a pas beaucoup de sens, d'autant que cela ne va plus très bien entre eux. Alexandre, leur fils, a peur qu'ils divorcent.

Tout le monde finit par apprendre qu'Iris s'est mise à écrire. Prise à son propre piège, elle propose alors à Joséphine de passer un pacte secret : Joséphine écrit le livre et reçoit l'argent, tandis qu'Iris le signe et récolte la gloire en s'occupant de la promotion dans les médias. Ayant besoin d'argent, Joséphine accepte.

Avec ce livre, Iris espère en outre séduire à nouveau Philippe qui se détourne peu à peu d'elle. Ce dernier est en train de changer au contact de Joséphine : il devient plus humain et envisage d'arrêter de travailler. Il voudrait s'occuper davantage de son fils.

À Pâques, Joséphine travaille sur le livre de sa sœur avec acharnement. En se rendant à la bibliothèque, elle rencontre Luca, avec qui elle va au cinéma.

Tandis que Shirley part subitement à Londres, Joséphine et ses filles regardent le soir même à la télévision le grand bal donné par le prince Charles (prince de Galles, né en 1948) et Camilla (duchesse de Cornouailles, née en 1947) au château de Windsor. Dans le cortège, derrière la reine, Joséphine reconnait Shirley. Lorsque celle-ci rentre d'Angleterre, elle refuse d'expliquer sa présence au bal, prétextant que cela mettrait Joséphine en danger. Elle aurait été amoureuse d'un homme mystérieux, « l'homme en noir » et serait venue en France pour lui échapper.

En juillet, Joséphine remet son manuscrit à l'éditeur via Iris et les deux sœurs partent en vacances avec les enfants. Philippe les rejoint pour le weekend. L'éditeur téléphone à Iris : il adore le livre.

RÉVÉLATIONS

Le livre est publié à la rentrée, et Iris monte un véritable show pour en faire la promotion sur les plateaux de télévision. C'est un succès, mais Philippe est profondément déçu par sa femme : il se doute qu'elle n'en est pas l'auteure. Zoé et Alexandre surprennent une conversation téléphonique lors de laquelle il affirme que Joséphine en est l'auteure. Zoé raconte cela à Hortense. Dès lors, Philippe envisage de quitter son épouse, mais il veut mettre en scène la fin de leur histoire de façon grandiose. Il propose alors à Iris d'aller à New York assister au festival du film et arrange une rencontre avec Gabor Minar, le réalisateur dont Iris est restée amoureuse. Lors de cette entrevue, Philippe remarque l'amour d'Iris pour le réalisateur, ainsi que son immense déception quand celle-ci apprend qu'il est marié. Malgré cela et en raison du succès remporté par le livre de Joséphine, Iris propose à sa sœur d'écrire un deuxième roman, mais celle-ci refuse.

L'homme en noir vient voir Shirley. Elle parvient à le mettre dehors, puis s'enfuit dans sa maison de vacances, sur l'ile Moustique, pour se cacher. Plus tard, Joséphine, Shirley, leurs enfants et Alexandre se retrouvent tous sur l'ile pour y passer Noël.

Ensuite, la véritable histoire de Shirley est racontée : elle est la fille illégitime de la reine d'Angleterre. Follement amoureuse de l'homme en noir, elle lui a révélé le secret de sa naissance, mais il a menacé de tout dire à la presse. La Cour a alors acheté son silence et Shirley a dû s'expatrier en France pour ne plus le revoir.

De retour en France, Joséphine revoit Luca alors qu'il l'a ignorée lors d'un défilé de mode (elle lui a fait signe pendant qu'il défilait sur la scène). Il lui raconte qu'il a un frère jumeau, Vittorio, qui est mannequin, et que c'est ce dernier qu'elle a vu. Finalement, elle se rapproche de Philippe et l'embrasse furtivement.

Pour que la presse continue à parler d'elle, Iris déclenche un scandale en envoyant elle-même des photos d'elle en compagnie d'un jeune homme, Gary, le fils de Shirley. La vérité à propos du roman prétendument écrit par Iris finit par éclater : Hortense se rend sur un plateau télévisé pour révéler ce qu'il s'est passé afin de protéger sa mère et lui assurer des droits d'auteur. Joséphine est heureuse. Hortense lui demande déjà quand elle écrira son prochain roman...

ÉTUDE DES PERSONNAGES

JOSÉPHINE CORTÈS

Joséphine, dite Jo, a 40 ans et est chercheuse au C.N.R.S. (Centre national de la recherche scientifique). Elle est spécialiste de la condition féminine au XIIe siècle. Elle vit à Courbevoie, en banlieue parisienne. C'est le personnage principal du roman. Spontanée, chaleureuse et d'une grande sensibilité, elle est très timide. Son manque de confiance en elle l'empêche souvent de s'affirmer. Elle n'est pas présentée comme une femme très forte et a manqué d'amour pendant son enfance. Si elle sentait parfois l'amour que son père avait pour elle, elle sentait surtout que sa mère avait une nette préférence pour Iris, sa sœur.

Au fil du roman, elle s'affirme peu à peu, face à sa mère d'abord, puis face à sa sœur. « Écrire me donne un début d'existence », dit-elle à Philippe (p. 451). Elle a deux filles : Hortense et Zoé. Elle est particulièrement proche de cette dernière, qui n'a que 10 ans et réclame encore beaucoup d'attention.

HORTENSE CORTÈS

Hortense a 14 ans et est la fille ainée de Joséphine. Elle est mince, a les cheveux cuivrés et les yeux verts. Elle est l'opposé de sa mère. Extrêmement ambitieuse, elle est souvent dédaigneuse et arrogante. Audacieuse, elle ne laisse aucune place aux sentiments et parait plutôt indifférente, voire distante. Elle est très dure avec sa mère et ne lui montre jamais son amour. Joséphine est souvent déstabilisée face à cette fille si sure d'elle. Lorsqu'elle apprend la mort de son père, Hortense reproche à sa mère d'avoir été trop douce avec lui, de ne pas l'avoir suffisamment sermonné lorsqu'il était au chômage (p. 645-650). Son attitude change par la suite, notamment quand elle apprend que c'est sa mère qui a écrit le roman : elle va jusqu'à intervenir à la télévision pour la défendre.

ANTOINE CORTÈS

Antoine, le mari de Joséphine, est le papa d'Hortense et de Zoé. De taille moyenne, il a les cheveux châtains et les yeux marron. Il n'aime pas les affrontements. Au chômage depuis quelque temps, il se considère comme un moins que rien. Il quitte Joséphine pour Mylène et part avec elle au Kenya où il dirige un élevage de crocodiles pour le compte d'un homme d'affaires chinois. Plein d'espoir, il croit qu'il va enfin réussir sa vie, mais il doit bien admettre, quelques mois plus tard, que ce n'est pas le cas. Il souffre de ses échecs. Il meurt dévoré par un crocodile.

HENRIETTE GROBZ

Henriette Grobz est la mère de Joséphine et d'Iris. Son premier mari, Lucien Plissonnier, le père des deux filles, est mort lorsque les fillettes avaient respectivement 10 et 14 ans. Henriette a alors été engagée par Marcel comme accessoiriste. C'est de cette façon qu'ils se sont rencontrés. Henriette traite très mal Marcel et ne reste avec lui que pour son argent. Dans la famille, elle est surnommée « le Cure-dents » en raison de son manque de considération envers les autres et de sa capacité à profiter d'eux. Elle montre une nette préférence pour sa fille Iris et se moque de Joséphine, qu'elle trouve trop sensible. Son caractère se retourne contre elle : Marcel la quitte pour une autre, et Joséphine prend progressivement ses distances avec elle.

IRIS DUPIN

Iris Dupin, la sœur ainée de Joséphine, a 44 ans. Elle est belle, riche, élégante, et parisienne. Rayonnante, elle parle toujours d'une voix gaie et entrainante : « Iris ne vivait pas, Iris ne respirait pas, Iris régnait. » (p. 26) Manipulatrice, elle domine Joséphine et ne vit que pour le « bien paraître en société ». « Quelle sorte de couple formait-elle avec Philippe ? Elle ne les avait jamais surpris en train de s'abandonner, d'échanger un regard tendre ou un baiser. Ils semblaient toujours en représentation », explique Joséphine (p. 34). Mais elle perd ses repères dès le début du roman et son mariage avec Philippe ressemble à un acte de résignation : « Autrefois elle avait aimé la vie. Avant d'épouser Philippe Dupin elle avait follement aimé la vie. » (p. 76) En fait, elle est restée accrochée à son premier amour : Gabor Minar, avec qui elle a fait ses études de scénariste. Suite à une accusation de plagiat à la fin de ses études, elle a dû quitter les États-Unis et a arrêté d'écrire. Pour Philippe, « Iris est une artiste frustrée » (p. 605). Un jour, elle raconte à un éditeur, pour se donner bonne contenance lors d'un diner mondain, qu'elle écrit un livre sur le XIIe siècle. Prise à son propre piège, elle demande à Joséphine d'écrire le livre à sa place. Ne s'étant jamais battue pour aucune cause bien qu'elle soit perpétuellement en quête de reconnaissance, elle tente d'affirmer publiquement qu'elle est l'auteure du livre de Joséphine. Elle fait ensuite tout pour garder une présence dans les médias. Très déprimée après sa disgrâce, son mari et son fils ayant pris leurs distances, elle a du mal à s'en relever et jalouse sa sœur qui, malgré son manque d'atouts, est bien plus heureuse.

PHILIPPE DUPIN

Philippe est le mari d'Iris. Ils ont ensemble un fils âgé de 10 ans, Alexandre. Il est épanoui sur le plan professionnel puisqu'il préside son propre cabinet d'avocats, mais cette réussite s'est faite au détriment de sa vie personnelle. L'éloignement qui s'est creusé avec ses proches commence à lui peser ; il désire donc leur consacrer plus de temps, en particulier à Alexandre.

Il est quelqu'un de droit, aussi n'accepte-t-il pas la dissimulation de sa femme concernant « son » roman. Il décide alors de mettre en scène leur rupture par un moyen détourné. Il se rapproche également de plus en plus de Joséphine mais, au terme du roman, ils n'ont pas encore de véritable relation. La dernière fois qu'ils se voient, quand il emmène Zoé et Alexandre faire du cheval à Évian, ils se montrent toutefois assez complices.

MARCEL GROBZ

Marcel a créé une entreprise de mobilier florissante, Casamia. Homme un peu balourd, il a épousé Henriette, croyant acquérir une meilleure reconnaissance sociale. Mais il est brimé par celle-ci. Peu à peu, sa relation avec Josiane, son employée depuis 15 ans et amante, prend de plus en plus de sens. Quand leur enfant nait, il annonce à Henriette qu'il la quitte. Il se sent désormais heureux et tout à fait épanoui.

SHIRLEY

Shirley a 36 ans et est la voisine de palier de Joséphine dans leur immeuble à Courbevoie. C'est elle qui lui avoue qu'Antoine la trompe et qui la pousse à le mettre dehors. Grande et large d'épaules, elle a des cheveux blonds, courts et épais, et de grands yeux dorés. C'est une inconditionnelle de la nourriture bio. Elle donne des cours de chant et vend des gâteaux à un restaurant. Longtemps, elle laisse planer le mystère sur sa vie, semblant dissimuler un secret qu'elle ne peut dévoiler. Par la suite, elle se confie à Joséphine : elle est la fille illégitime de la reine d'Angleterre. Elle a révélé ce secret à un homme dont elle était follement amoureuse (« l'homme en noir »), mais celui-ci a menacé de tout dévoiler à la presse. Elle a donc dû fuir l'Angleterre. C'est comme cela qu'elle a atterri à Courbevoie. Elle a un fils, Gary, qu'elle a eu à 21 ans et qui est âgé de 15 ans. Un amour très fort les lie.

LUCA

Luca est le bienaimé de Joséphine. Il écrit un ouvrage d'érudition, une histoire des larmes du Moyen Âge à nos jours, pour un éditeur universitaire. Au début, Joséphine ne sait pas très bien quoi penser car il a l'air sombre et souvent distant. Il disparait plusieurs fois sans donner de nouvelles. Ensuite, leur relation s'éclaircit et ils se voient tous les après-midis chez lui. Il a un frère jumeau, Vittorio, qui est mannequin.

CLÉS DE LECTURE

UN ROMAN NOURRI PAR SES PERSONNAGES

Ce roman est bien plus construit autour de ses personnages qu'autour de l'histoire en tant que telle. Ceux-ci sont très réalistes : Katherine Pancol les nourrit de tant de détails que le lecteur a l'impression de les connaitre et de vivre à leurs côtés.

Lorsque Katherine Pancol parle de la rédaction de ses romans, elle insiste sur l'importance que prennent les personnages. Leur destin n'est pas fixé d'avance. L'auteure les connait très bien, mais elle se laisse dépasser par eux : ils vivent leurs aventures, elle ne fait que suivre. Par exemple, elle n'avait pas prévu que Joséphine deviendrait le personnage principal du roman ; celle-ci a simplement pris de plus en plus d'ampleur au fil de l'écriture. Même si cette dernière est le personnage principal de l'œuvre, Joséphine peut toutefois être vue comme une antihéroïne : elle est présentée comme quelqu'un de très sensible n'ayant pas vraiment les qualités d'une héroïne forte, belle et dynamique, comme aurait pu l'être sa sœur.

Katherine Pancol raconte qu'elle vit avec ses personnages : ils sont avec elle tout le temps, et sa vie réelle se mélange à la fiction qu'elle écrit. Pour construire ses protagonistes, l'auteure part de la réalité et des personnes qu'elle rencontre dans sa propre vie.

UNE FRESQUE DE LA FRANCE CONTEMPORAINE

Grâce à ces personnages si réalistes et à la description si détaillée de leur quotidien, c'est une véritable fresque de la France contemporaine que nous livre Katherine Pancol. Pour ce faire, elle travaille comme Zola (écrivain français, 1840-1902). Ce célèbre écrivain naturaliste se documentait énormément pour écrire ses romans. Ancienne journaliste, Pancol enquête elle aussi pour écrire ses livres. Ainsi, pour décrire le travail de Marcel qui veut racheter un gros fabricant chinois, elle a fait des recherches sur des industriels qui se sont installés en Chine.

Une bibliographie reprenant ses recherches est par ailleurs présentée à la fin de chacun des trois romans.

ZOLA ET LE NATURALISME

Au milieu du XIXe siècle, deux nouveaux courants littéraires et artistiques voient le jour, d'abord en France, puis en Europe : le réalisme, qui se caractérise par le désir d'imitation du réel, puis le naturalisme.

Zola fait figure de chef de file de ce second courant. Son ambition est de dépasser le réalisme, fondé sur l'observation et la reproduction de la réalité, en appliquant dans ses œuvres les méthodes scientifiques expérimentales de l'époque, en particulier celles du médecin Claude Bernard (physiologiste français, 1813-1878). Ce dernier procède selon le processus suivant :

observation-hypothèse-expérimentation. Ainsi Zola émet, après observation du réel, une hypothèse et la vérifie par expérimentation : il met en scène, dans ses œuvres, des individus particuliers dans un milieu donné, et en dégage la succession des faits. L'hypothèse qu'il s'attache à démontrer dans *Les Rougon-Macquart*, sa grande fresque romanesque, est que le destin des personnages est influencé par un double déterminisme : l'hérédité biologique et l'influence du milieu.

UN ROMAN-MOSAÏQUE
DÉDIÉ À LA RECHERCHE DU BONHEUR

Comme dans les romans suivants de cette trilogie, le récit est divisé en cinq parties. Le lecteur suit tantôt l'un, tantôt l'autre personnage au sein d'une même partie, assistant à des moments tous indispensables pour la poursuite de l'histoire. Cette dernière suit son cours de manière fluide, sans fioritures, sans temps mort et avec un foisonnement qui fait écho à l'effervescence et la précipitation de la vie moderne.

Le roman évoque la vie quotidienne des personnages et la manière dont leurs fêlures et leurs actes guident leurs actions. De façon générale, tous se demandent comment ils pourront trouver leur place et le lecteur suit leur cheminement pour apporter la réponse à cette interrogation. En ce sens, l'œuvre pourrait se rapprocher des romans d'apprentissage. Les personnages du roman cherchent à être heureux, même si cela peut impliquer des changements et des séparations :

- Joséphine est, dans un premier temps, effacée et souffre affectivement. Après sa séparation d'avec Antoine, elle chemine seule et s'affranchit progressivement de ses démons : ses relations avec sa mère se font plus distantes, elle noue des relations d'abord avec Luca puis avec Philippe. En outre, elle gagne une certaine reconnaissance professionnelle quand il est révélé publiquement qu'elle est l'auteure du roman publié par sa sœur ;
- Iris a tout sur le plan matériel mais n'existe que par le regard des autres. C'est pourquoi elle tient tant à maintenir une présence dans les médias après la publication du roman. C'est également quelqu'un qui souffre dans son mariage parce qu'elle a toujours en tête son premier amour. Au final, c'est elle qui perd le plus : son mari rompt avec elle, son ancien amour est marié et elle est publiquement désavouée quand on découvre qu'elle n'a pas écrit le roman. Les apparences, dont elle prenait tant de soin auparavant, se sont retournées contre elle.

Les évolutions de chacun sont visibles dans toute la trilogie, ainsi que dans la suivante, *Muchachas*. Les personnages commencent l'intrigue à un moment charnière de leur vie (la rupture entre Joséphine et Antoine, le mariage entre Iris et Philippe qui s'essouffle ainsi que celui entre Henriette et Marcel, etc.) et évoluent au fil de l'intrigue, guidés par leur recherche du bonheur.

LE ROMAN D'APPRENTISSAGE

Le roman d'apprentissage ou roman initiatique est apparu au XVIIIe siècle avec Goethe (écrivain allemand,

1749-1832). Il désigne un récit fictif qui a pour thème le cheminement évolutif d'un héros. Parfois, le héros découvre un domaine particulier dans lequel il fait ses armes, mais, de façon générale, il évolue simplement en se forgeant sa propre conception de la vie : il découvre les grands évènements de l'existence (l'amour, la mort, etc.) et murit au fil des leçons qu'il tire de ses expériences. *L'Éducation sentimentale* de Flaubert (écrivain français, 1821-1880) est un exemple de roman d'apprentissage.

LE XIIE SIÈCLE

Chercheuse au CNRS (Centre national de recherche scientifique), Joséphine est spécialiste de la condition des femmes au XIIe siècle. Dans *Les Yeux jaunes des crocodiles*, Zoé adore que sa maman lui raconte l'histoire d'Aliénor d'Aquitaine (reine de France puis d'Angleterre, 1122-1204). Joséphine s'intéresse tout particulièrement au travail des femmes à l'époque. Contrairement à ce que l'on croit, celles-ci n'étaient pas retirées dans leur château : elles travaillaient autant que les hommes, mais effectuaient des tâches différentes. Aux yeux de Joséphine, cette époque ressemble étrangement à la nôtre, et elle s'amuse à voir les liens qui les unissent. Le roman que Joséphine écrit, *Une si humble reine*, conte l'histoire de Florine, une femme du XIIe siècle qui refuse d'être un objet que l'on marie.

Joséphine pense beaucoup au Moyen Âge dans sa vie quotidienne. C'est cela qui lui permet de faire vivre sa famille.

Quand elle s'évade, elle s'imagine dans la peau de tel ou tel personnage historique. Même le plus petit élément peut être relié à cette époque, comme lorsqu'il est fait mention que le mot « inspiration » vient de ce siècle. Iris aussi est marquée par cette influence qui la renvoie à certains moments de sa vie. Mais alors que chez sa sœur l'inclination pour le XIIe siècle parait tout à fait naturelle, l'entourage d'Iris a du mal à intégrer l'idée qu'une personne aussi inculte et futile s'intéresse soudainement à cette période de l'histoire.

L'ÉCRITURE D'UN ROMAN

Deux personnages d'écrivains tiennent une place importante dans le roman : Joséphine et Iris. La première écrit sur sa spécialité, le XIIe siècle, à travers le roman commandé par sa sœur. La seconde est une artiste frustrée, dont le chef d'œuvre – un scénario proposé à Hollywood qui a été très bien accueilli dans un premier temps – a été trainé dans la boue quand une étudiante a découvert qu'il s'agissait en réalité d'un plagiat. Bien qu'encouragée en ce sens par son mari, elle ne s'est plus jamais dédiée à une quelconque forme d'art. Le roman offre ainsi une mise en abyme.

L'écriture d'un livre constitue même le sujet principal de l'ouvrage, puisque l'intrigue et l'évolution des personnages tourne autour de cette écriture et des conséquences de ce marché un peu particulier entre Joséphine et Iris. *Une si humble reine*, le livre de Joséphine, conte en outre la vie d'une reine guidée par son cœur, comme le sont les personnages de Katherine Pancol qui sont à la recherche du bonheur. Lorsque Joséphine travaille sur un roman, il finit par prendre toute la place, au point qu'elle en arrive à penser à la manière dont elle pourrait intégrer des éléments de sa vie à son personnage. Elle se promène avec son carnet de manière à noter toute idée qui lui viendrait en tête. Quand Luca lui propose un rendez-vous, alors que ce dernier n'a pas encore eu lieu, elle imagine déjà comment elle pourrait transposer ses sentiments pour le jeune homme à son héroïne, Florine, en la rendant amoureuse de l'un de ses maris. Elle s'investit pleinement dans son art et travaille de façon extrêmement sérieuse. Cela n'est pas sans rappeler le travail effectué par Katherine Pancol.

LES RAPPORTS FAMILIAUX

Il est également question dans le roman des rapports familiaux qui peuvent se révéler assez complexes.

Henriette entretient des rapports complexes avec ses filles. Cette mère hautaine préfère en effet l'ainée à sa cadette. Joséphine se souvient d'ailleurs, au cours du roman, que sa mère a préféré sauver sa sœur lorsque les deux fillettes ont failli se noyer durant leur enfance. Elle ne lui en veut pourtant pas, et estime au contraire que, lors de toutes ces années où elle a été malaimée, elle a développé les qualités d'indépendance et d'endurance qui lui ont permis de se faire une place par elle-même dans le monde.

Joséphine a également des relations très différentes avec ses filles, bien que cela soit principalement dû au tempérament de ces dernières. Tandis que Zoé est sensible et affectueuse, ce qui permet à sa mère de manifester plus volontiers sa tendresse maternelle, Hortense est plus fière et semble dédaigneuse. Mais l'adolescente est moins froide qu'il n'y parait, reste sensible au jugement maternel et s'adoucit au fil du roman. Si Joséphine est totalement surprise par la prise de position de sa fille à la fin de l'intrigue, Hortense est tout aussi mal à l'aise face à l'idée que sa mère puisse mal prendre son initiative. Mais cet acte finira par souder les deux femmes qui prennent ainsi conscience de l'importance qu'elles ont l'une pour l'autre.

Mais ce sont finalement les rapports entre Joséphine et Iris qui sont le plus éclairés dans *Les Yeux jaunes des crocodiles*. Le roman écrit par Joséphine marque un tournant dans la relation entre les deux sœurs, très différentes. Alors qu'Iris se sert d'elle pour atteindre ses desseins de gloire, Joséphine en tire en fait beaucoup de bénéfices puisqu'elle apprend, grâce à cette aventure, à se défaire de l'emprise de sa mère et de sa sœur, et surtout à prendre sa vie en mains.

Comme de nombreux personnages du roman, la romancière commence doucement à s'engager sur le chemin suivi par ses proches : celui de la recherche du bonheur.

QUELQUES QUESTIONS POUR APPROFONDIR SA RÉFLEXION...

- Joséphine est ce qu'on appelle un antihéros. Pourquoi ?
- Au fil des trois romans, le personnage de Philippe évolue. D'homme d'affaires sensible à son apparence en société, il se consacre par la suite davantage à son fils et accorde de moins en moins d'importance à la réussite sociale. Comment expliquer cette évolution ? Qu'est-ce qui commence à changer en lui dans le premier roman ?
- Établissez les portraits de Joséphine et d'Iris, et commentez l'évolution de leur relation.
- Commentez la phrase de Romain Gary (écrivain français, 1914-1980) citée sur la première page du livre *La Valse lente des tortues* : « C'est horrible de vivre une époque où au mot sentiment, on vous répond sentimentalisme. Il faudra bien pourtant qu'un jour vienne où l'affectivité sera reconnue comme le plus grand des sentiments et rejettera l'intellect dominateur. » À quel personnage des Yeux jaunes des crocodiles cette phrase se réfère-t-elle en particulier ?
- Pourquoi peut-on dire de cette œuvre qu'il s'agit d'un roman d'apprentissage ? Comparez-les avec d'autres grands romans du même genre.
- Le titre du roman met en exergue un détail de l'histoire. Expliquez à quoi il fait allusion ? Selon vous, pourquoi l'auteure l'a-t-elle choisi ?
- De la bouche de quel(s) personnage(s) pourrait sortir la citation de Bernard-Marie Koltès (auteur dramatique

français, 1948-1989) présentée en exergue du troisième livre : « Il y a bien une vie que je finirai par vivre pour de bon, non ? » ?

- Dans *Les écureuils de Central Park sont tristes le lundi*, Katherine Pancol cite cette phrase de l'écrivain Colette (femme de lettres française, 1873-1954) à propos de Joséphine qui écrit son deuxième roman : « Écrire comme personne avec les mots de tout le monde. » Le style de Katherine Pancol est-il en phase avec cette citation ?
- Expliquez ce qui fait de ce roman une œuvre réaliste.
- Comment l'écriture « mosaïque » de Katherine Pancol pourrait-elle être traduite au cinéma ? L'adaptation cinématographique de 2014 parvient-elle à réaliser cet objectif ?

POUR ALLER PLUS LOIN

ÉDITION DE RÉFÉRENCE

- Pancol K., *Les Yeux jaunes des crocodiles*, Paris, Le Livre de Poche, 2007, 672 p.

ÉTUDE DE RÉFÉRENCE

- Site Internet officiel de Katherine Pancol, consulté le 3 novembre 2016. www.katherine-pancol.com.

ADAPTATION

- *Les Yeux jaunes des crocodiles*, film de Cécile Telerman, avec Julie Depardieu (Joséphine) et Emmanuelle Béart (Iris), France, 2014.

SUR LEPETITLITTÉRAIRE.FR

- Fiche de lecture sur *La Valse lente des tortues* de Katherine Pancol.
- Fiche de lecture sur *Les écureuils de Central Park sont tristes le lundi* de Katherine Pancol.

www.lepetitlitteraire.fr

ISBN version numérique : 978-2-8062-9133-2
ISBN version papier : 978-2-8062-9134-9
Dépôt légal : D/2016/12603/873

Avec la collaboration de Lucile Lhoste pour l'analyse du personnage de Philippe Dupin ainsi que pour les chapitres « Un roman-mosaïque dédié à la recherche du bonheur », « L'écriture d'un roman » et « Les rapports familiaux ».

Conception numérique : Primento,
le partenaire numérique des éditeurs.

Ce titre a été réalisé avec le soutien de la Fédération Wallonie-Bruxelles, Service général des Lettres et du Livre.

Retrouvez notre offre complète sur lePetitLittéraire.fr

- des fiches de lectures
- des commentaires littéraires
- des questionnaires de lecture
- des résumés

ANOUILH
- Antigone

AUSTEN
- Orgueil et Préjugés

BALZAC
- Eugénie Grandet
- Le Père Goriot
- Illusions perdues

BARJAVEL
- La Nuit des temps

BEAUMARCHAIS
- Le Mariage de Figaro

BECKETT
- En attendant Godot

BRETON
- Nadja

CAMUS
- La Peste
- Les Justes
- L'Étranger

CARRÈRE
- Limonov

CÉLINE
- Voyage au bout de la nuit

CERVANTÈS
- Don Quichotte de la Manche

CHATEAUBRIAND
- Mémoires d'outre-tombe

CHODERLOS DE LACLOS
- Les Liaisons dangereuses

CHRÉTIEN DE TROYES
- Yvain ou le Chevalier au lion

CHRISTIE
- Dix Petits Nègres

CLAUDEL
- La Petite Fille de Monsieur Linh
- Le Rapport de Brodeck

COELHO
- L'Alchimiste

CONAN DOYLE
- Le Chien des Baskerville

DAI SIJIE
- Balzac et la Petite Tailleuse chinoise

DE GAULLE
- Mémoires de guerre III. Le Salut. 1944-1946

DE VIGAN
- No et moi

DICKER
- La Vérité sur l'affaire Harry Quebert

DIDEROT
- Supplément au Voyage de Bougainville

DUMAS
- Les Trois
  Mousquetaires

ÉNARD
- Parlez-leur
  de batailles,
  de rois et
  d'éléphants

FERRARI
- Le Sermon sur la
  chute de Rome

FLAUBERT
- Madame Bovary

FRANK
- Journal
  d'Anne Frank

FRED VARGAS
- Pars vite et
  reviens tard

GARY
- La Vie devant soi

GAUDÉ
- La Mort du
  roi Tsongor
- Le Soleil des
  Scorta

GAUTIER
- La Morte
  amoureuse
- Le Capitaine
  Fracasse

GAVALDA
- 35 kilos d'espoir

GIDE
- Les
  Faux-Monnayeurs

GIONO
- Le Grand
  Troupeau
- Le Hussard
  sur le toit

GIRAUDOUX
- La guerre de
  Troie
  n'aura pas lieu

GOLDING
- Sa Majesté des
  Mouches

GRIMBERT
- Un secret

HEMINGWAY
- Le Vieil Homme
  et la Mer

HESSEL
- Indignez-vous !

HOMÈRE
- L'Odyssée

HUGO
- Le Dernier Jour
  d'un condamné
- Les Misérables
- Notre-Dame
  de Paris

HUXLEY
- Le Meilleur
  des mondes

IONESCO
- Rhinocéros
- La Cantatrice
  chauve

JARY
- Ubu roi

JENNI
- L'Art français
  de la guerre

JOFFO
- Un sac de billes

KAFKA
- La Métamorphose

KEROUAC
- Sur la route

KESSEL
- Le Lion

LARSSON
- Millenium I. Les
  hommes qui
  n'aimaient pas
  les femmes

LE CLÉZIO
- Mondo

LEVI
- Si c'est un
  homme

LEVY
- Et si c'était vrai…

MAALOUF
- Léon l'Africain

MALRAUX
- La Condition humaine

MARIVAUX
- La Double Inconstance
- Le Jeu de l'amour et du hasard

MARTINEZ
- Du domaine des murmures

MAUPASSANT
- Boule de suif
- Le Horla
- Une vie

MAURIAC
- Le Nœud de vipères

MAURIAC
- Le Sagouin

MÉRIMÉE
- Tamango
- Colomba

MERLE
- La mort est mon métier

MOLIÈRE
- Le Misanthrope
- L'Avare
- Le Bourgeois gentilhomme

MONTAIGNE
- Essais

MORPURGO
- Le Roi Arthur

MUSSET
- Lorenzaccio

MUSSO
- Que serais-je sans toi ?

NOTHOMB
- Stupeur et Tremblements

ORWELL
- La Ferme des animaux
- 1984

PAGNOL
- La Gloire de mon père

PANCOL
- Les Yeux jaunes des crocodiles

PASCAL
- Pensées

PENNAC
- Au bonheur des ogres

POE
- La Chute de la maison Usher

PROUST
- Du côté de chez Swann

QUENEAU
- Zazie dans le métro

QUIGNARD
- Tous les matins du monde

RABELAIS
- Gargantua

RACINE
- Andromaque
- Britannicus
- Phèdre

ROUSSEAU
- Confessions

ROSTAND
- Cyrano de Bergerac

ROWLING
- Harry Potter à l'école des sorciers

SAINT-EXUPÉRY
- Le Petit Prince
- Vol de nuit

SARTRE
- Huis clos
- La Nausée
- Les Mouches

SCHLINK
- Le Liseur

SCHMITT
- La Part de l'autre
- Oscar et la Dame rose

SEPULVEDA
- Le Vieux qui lisait des romans d'amour

SHAKESPEARE
- Roméo et Juliette

SIMENON
- Le Chien jaune

STEEMAN
- L'Assassin habite au 21

STEINBECK
- Des souris et des hommes

STENDHAL
- Le Rouge et le Noir

STEVENSON
- L'Île au trésor

SÜSKIND
- Le Parfum

TOLSTOÏ
- Anna Karénine

TOURNIER
- Vendredi ou la Vie sauvage

TOUSSAINT
- Fuir

UHLMAN
- L'Ami retrouvé

VERNE
- Le Tour du monde en 80 jours
- Vingt mille lieues sous les mers
- Voyage au centre de la terre

VIAN
- L'Écume des jours

VOLTAIRE
- Candide

WELLS
- La Guerre des mondes

YOURCENAR
- Mémoires d'Hadrien

ZOLA
- Au bonheur des dames
- L'Assommoir
- Germinal

ZWEIG
- Le Joueur d'échecs